누가 그리는 그림일까요

<설담원 이야기 5권>

누가 그리는 그림일까요

설담 운성 스님 글, 사진

차례

제2부 기다림

제3부 가르치심

제4부 떠나는 봄

제1부

되옵사

되옵사

하늘을 뚫어 치솟은
겹겹 봉우리 사이로
구름은 말없이 흐르고
바람은 소슬하게 스치네!

가지에서 새들은 노래하고
古寺는 목탁 소리를 빚고
골짜기 물소리는 해맑으니
저마다 몫을 다한 조화여라.

먼 바다를 열어 솟는
경자년 붉은 힘의 해여,
세상 소란 다 잠재우고
우뚝 도리천을 이루시라.

너 없는 내가 있을 수 없어
너는 바로 나의 절반이고
나 없는 네가 있을 수 없어
나는 바로 너의 반쪽임에

서로 둘이면서 하나인
거부할 수 없는 진리를
모두가 깨달아 알게 되어
이 땅이 하늘 세상 되옵사!

한 가닥 미풍

연둣빛 봄을 열어서
뜨거운 칠월을 지나서
선혈을 토하는 가을을
차마 견디다가
한 가닥 미풍에 날아
흔적 없이 사라지는
한 잎 낙엽이고 싶습니다.

천 리 길 달려와
산허리를 넘어서
구름 되고 비가 되어
배를 불려주고서
흔적 하나 남기지 않고
어느 미풍에 날아가는
한 점 구름이고 싶습니다.

흙에서 뼈를 빌리고
물에서 피를 빌리고

바람에서 근육을 빌리고
불에서 온기를 빌려
잠시 연기로 살았던
허공 꽃 같은 이 몸

흔적 하나 남기지 않고
어느 미풍에 사라짐은
지극히 당연한 일.

살아서 자랑할
아무 것 없었듯이
떠나는 걸음에도
남길 것 하나 없네!

백의관음

하얀 옥석을 다듬어
백의 관음을 새겨
남순 해상을 좌우에
보처로 협시케 하여
웅산 비탈진 자락
다소 좁은 듯한 터에
소담하게 모시었다.

파도를 거슬러 오시고
태산을 넘어 나투시고
바람을 이겨 화현하시는
세상 어디라도
쉼없는 응신 펴시는
삼십이응 화도시니
하필 이곳인들 오지 않으시랴?

눈이 부시도록 흰
옷깃 나부끼시며 오소서!
따숩기 그지없는 손
살갑게 드리우소서!
시리고 언 저들 가슴을
어루만져 낫게 하소서!

내 사랑하는 님

그늘지고 외진
남산 골짜기에
천년이 넘도록
홀로 앉으시어
두 눈 감으시고
입술 다무시고
그리 오래도록
누구를 기다리시어
비 오는 밤을
눈 오는 아침을
온몸으로 맞으시나?

사람의 향기

어느 날 향기에 대해
묻는 아란에게
부처님께서는
이렇게 말씀하셨다네!

꽃의 향기는
십 리를 가지 못하고
바람을 거스르지 못하고
며칠을 견디지 못하지만

계율을 잘 지켜
살생을 하지 않고
훔치거나 빼앗지 않고
삿된 음행하지 않고
거짓말하지 않고
술에 취해 헛된 짓 하지 않는
자비롭고 해맑은 영혼의
사람 향기는

제1부

바람을 거슬러 천리를 가고
시간을 거슬러
천년을 간다. 하셨네!

구 대법화

다림질 곱게 한
하얀 모시 앞섶 열으시어
사랑 가득 담으신 가슴으로
언제나 반가이 맞아주시던
두고 온 어머니 온기의
따습고 고웁던 자태
이제는 뵐 수 없겠습니다.

가파른 세상 길을 걸으며
다리 부르틀 때마다
걸음 휘청일 때마다
길을 열어주시고
힘을 보태주시던 손길
다시는 만날 수 없겠습니다.

일생을 의지하던 붓조차
어느 날 과감히 놓으시며
반야를 새기신 병풍

부처님 탁자에 올리시던
들고 남을 분명히 하는
단호하심은 제 영원한 귀감입니다.

일생 주어진 일에
열을 다하시고 성을 다하시어
만나면 깨우침이 되시고
떠나도 지침이 되셨기에
후학들에 더 없는 길잡이셨습니다.

아무 회한도 없으실
바르고 올곧은 삶이셨으니
가시는 길도 밝은 정로(正路)이리다.
씻어야 할 삼업조차 없을지니
일로왕께서 바로 오시리이다.
무량수께서 단박에 모시리이다.
가시는 곳이 정토(淨土)이실지니
상품에서 무생을 누리소서!
비로 법신에 하나 되어
길이 적멸락을 누리소서!

나의 힐링법

다섯 시 새벽 예불로
하루를 시작한다.

매일 한 시간여
장엄 염불 올리고
경전 독경도 한다.

저녁에도 가능하면
예불 드려 마감한다.

두어 시간 걸으며
이런 저런 생각하고
꽃잎에 입 맞추고
풀잎을 어루만지고
물소리에 귀 기울이고
새들 노래를 듣는다.

생각 나는 대로 글을 쓰며
기억을 정리하고
마음을 가다듬고
사람들과 나누어야 할 말을
기록해 두려고 노력한다.

짬이 나면 음악을 들으며
앞산을 바라보며
차를 달여 마신다.

스스로 정한 일과지만
매일 거름 없이 지키는
노력을 만족해하고
늘 충만감을 느낀다.

올봄

정월 중순에 시작된
매화의 꽃 맺음이
얼었다 녹았다 하는
끝 겨울 기온을 따라
피다가 멈추고
피다가 멈추기를
수없이 반복한 끝에

오늘도 얼음은 도탑지만
흠뻑 잎을 열어
봄을 빚어낸다.
설향정 정자 아래
황금 잎 복수초도
동행으로 채비한다.

코로나가 세상을
아무리 뒤숭숭하게 해도
철은 여지없이 오고

꽃은 어김없이 핀다.

버들 가지 끝에선
버들 강아지가 열리고
단풍 몸체에선
연신 새 순을 돋우지만
저들은 모두
한마디 말이 없다.

오고 감에 초연하여
가을에도 말이 없고
겨울에도 고요한데
사람만 유난히
코로나에 울고
사쓰에 휘둘리며
호들갑으로 봄을 맞이한다.

보배 말씀

세상의 모든 존재들은
하늘의 신들이거나
세상의 사람들이거나 모두
행복해지기 바라나이다.

갈애를 소멸하고 죽음을 이기고
질병의 공포를 물리치는
세상 제일의 치료법은
서로 사랑하며 서로 돕는
청정한 자비를 나눔이네!

집 안과 거리를 깨끗이 청소하고
몸을 정갈히 하는 청결은
세상에서 가장 아름다운 보배라네

거룩하신 가르치심을 익혀
계율을 지키며 부지런히 정진하여
지혜를 갖춘 확고한 신념으로

나와 남을 이익되게 하는
보리살타를 실천하는 것이
세상 제일의 보배라네!

상가는 늘 모두가 행복하기를 빌어
하루도 거르지 않아야 하리
더는 나쁜 업을 짓지 않도록
날마다 깨우치고 이끌어야 하리
이 땅이 정토가 되기를 빌어
매일을 기도해야 한다네!

하늘에 있는 생명들도 행복하기를
땅에 있는 모든 생명들도 평안하기를
질병 없고 주림 없고 고통 없는
평화의 세상이 늘 이어지기를...

일상 속 행복

행복은 결코
멀리 있는게 아니고
크고 무거운 것에
있는 게 아니었습니다.
코로나로 인해
출입을 못하고
봄을 즐기지 못하고
목욕탕도 못 가고
만나고 싶은 사람
못 만나는
통제된 생활을 하면서
알게 되었습니다.
가고 싶은 곳
마음대로 가고
만나고 싶은 사람
마음대로 만나고
먹고 싶은 것
마음대로 먹고

이웃과 즐겁게
담소할 수 있고
목욕탕 마음대로 가는
그것이 아주
소중한 행복이었음을...
아주 작은 일상들 속에
우리의 행복이
들어 있었던 것이지요.
걸을 수 있음을
고맙게 생각해야겠습니다.
씹을 수 있음을
고맙게 여겨야겠습니다.
숨쉴 수 있음을
고맙게 생각해야겠습니다.
전화할 벗이 있음을
고맙게 여겨야하겠습니다.

지는 꽃

시리고 따가운
한겨울 칼바람
독하게 견디며
눈부시게 피어나
코를 쏘는 향기 빚던
청홍 매화가
이제 떠날 채비
차리고 있네요.
코로나 공포 위로하여
이슬 머금어
새벽을 열던
살가운 벗을
차마 어찌 보낼꼬.
내년에 내가
이 몸 이 눈으로
길목 지켰다가
다시 만날 수
있을지 모르겠네요.

설담원의 봄

꽃이 피어나고
또 피어나서
삼월을 바쁘게 하더니.
영동 할매
바람이 불어
꽃잎을 서럽게 한다.
꽃가루 위를
서른열다섯 걸음
돌아서 또 돌아서
꽃그늘에 앉아
눈물이 흐르도록
낙화를 바라본다.
저무는 해를
거머쥔 구름이
다리를 저리게 한다.
곳곳에 붙인
파스 냄새에 섞여
봄이 떠나간다.

우리의 의지처

어느 날 먼 장삿길을 떠나는
두려움으로 찾아온 상인들에게
부처님께서는
이렇게 말씀하셨다네!

"제석의 군대가
전쟁터로 나아갈 때
자신들은 용맹한 제석의 군대임을
가슴에 새기고 가서
제석의 이름 부르며
싸움에 어김없이 이기듯이
불자가
부처님을 잘 공경하며
가르침을 잘 따르며
스님들을 잘 받들어
삼보를 섬기는 마음을
가슴에 늘 새겨서
항상 예배하고 염송하면

저 제석의 군대가
용감하게 적군을 물리치듯이
온갖 재난을 이겨내고
반드시 목적을 이루고
기쁘게 돌아오게 되리라."

봄 한나절

바람 한 점
어디서 달려오더니
추녀 끝 풍탁을
그윽히 울리고 가네.
흰구름 두어 점
산등을 떠돌며
가슴을 뛰게 하더니
문득 떠나고 없네.
세상은 온통
코로나로 시끄러운데
산중의 초암은
여전히 꽃피고 새가 우네.
창 너머 목련은
눈이 부시게 희고
뜨락의 할미꽃은
다소곳이 피어나네.

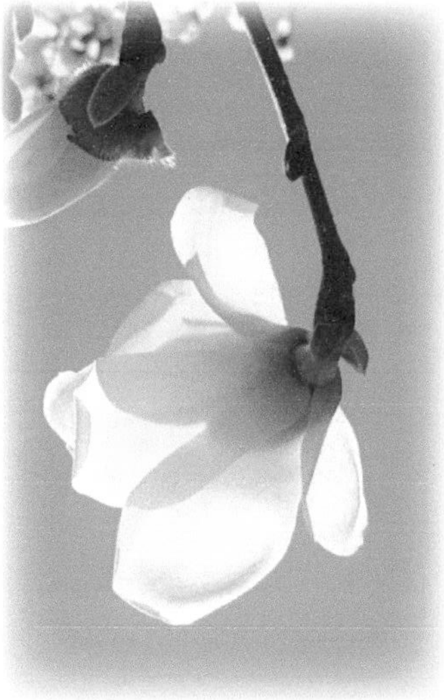

금강 행자 발원

이 세상 모든 중생이 하루속히
질병과 고통의 질곡에서 벗어나
저마다 금강의 몸을 이루게 하소서!
이 세상 모든 중생이 저마다
어떤 경우에도 무너지지 않는
금강의 마음을 내게 하소서!.
다시는 반야의 가르침에서
한발도 물러나지 않으려 합니다.
눈으로 부처를 보지 않고
귀로 부처를 듣지 않으려 합니다.
서른두 모양새의 여래는
진실한 법신이 아님을 배웠나이다.
아상, 인상, 중생상, 수자상은
참다운 모습이 아님을 알았나이다.
이 몸도 언젠가 버려야 하거늘
보고 듣고 맛보는 오감의
허망한 감촉에 매여 사는
어리석은 노예가 되지 마라 하셨습니다.

비우고 또 비우는 진공에서
참다운 삶이 열린다 하셨습니다.
비워야 비로소 깨닫게 되고
버려야 참으로 알게 되는
깊고 크고 묘한
반야의 진리를 의지해
미몽을 벗어나려 합니다.
보살은 복덕을 누리지 않고
베풀고 나누는 기쁨을 누린다는
대승의 니르바나로 나아가려 합니다.
이 몸이 다하고 이 원이 다하도록
하루하루 정성 다해 정진하겠나이다.
금강회상 불보살께서 가피하시고
팔부신장께서 보살피시어
이 발원 끝내 이루어지게 하소서!
나무 금강회상 불보살
나무 금강회상 불보살
나무 금강회상 불보살

훌륭한 사람

아무 생각 없이 던진
말 한마디가
남에게 큰 상처가 될 수 있음을
반드시 알아야 한다.
무심히 던진 돌에
개구리가 죽을 수 있음을
꼭 알아야 한다.
잘못을 뉘우치고 용서를 비는 사람은
매우 훌륭한 사람이다.
자기의 잘못을 알았으면
서둘러 그에게 가서
사과하고 용서받아야 한다.
그래서
그의 마음속 상처를 지우고
내 마음속 그림자도 지워야 한다.
잘못을 알고도 뉘우치지 않는 사람은
무엇으로도 구제받을 수 없는
몹시 나쁜 사람이다.

목단

유월이 오기에는
아직 서른 날도 더 남았는데
벌써 진한 흑청색
잎새를 열어
소담한 꽃잎을 빚고 있구나.

무접화(無蝶花) 설화를
아모렇지도 않게 밀치고
코를 흠뻑 적시는
묵지근한 향기를 내어
사월 꽃밭을 휘어잡는구나.

천년을 훌쩍 지나고도
옷깃 그대로 여미어
흐트러짐 하나 없는
여왕의 품격같이
어찌 그리도 고절하더냐?

며칠 지나지 않아
발아래 딩굴 신세를
도무지 비관치 않고
당당하게 오늘을 피는

너는
정녕
꽃의 여왕임에
틀림이 없구나.

부처님 오신 날 발원문

세상에 다시 없으신
거룩하신 우리 님께서
유아독존 살가우신 깨우침으로
구제의 화신 나투신
부처님 오신 날을 맞이하여

몸을 깨끗이 씻고
새 옷 곱게 다려 입고
손마다 고운 연등 받들어
정성 다해 기도하나이다.

중생들 아픔을
당신 아픔같이 여기시는
자비 크신 나의 님이시여!

지구의 수많은 중생들이
지금 코로나 질병으로
공포에 시달리고 있나이다.
감옥에 갇힌 듯 지내며
굶주림에 참혹하게 내몰리며
연일 죽음을 맞이하고 있나이다.

태어남에서 죽음이 생기고
탐욕에서 원한이 생기고
질투에서 증오가 생기는
인과법이 우주의 진리라서
코로나도 스스로 지어서 받는
오만과 허영과 낭비와 독선의
업보 현상임을 모르지 않습니다만
차마 저 고통에 허덕이는 중생들을
어찌 보고만 있겠습니까?

지혜 복덕 구족하게 닦으신
지혜 복덕 구족하신 부처님!
부디 자비의 감로관정을
저들 이마에 가득 내리소서!
어서 저들이 코로나 질병에서
벗어나서 건강한 몸으로
전일의 일상으로 돌아가게 하소서!

삼보님 거룩하신 가피로
천룡팔부 크신 보살핌으로
나라는 편안하고 백성은 평화로워
서로 손잡아 다독이며
깊은 정 나누어 노니는
정토 세상이 이 땅에서 이루어지게 하소서!
나무 석가모니불 ~

제2부

기다림

기다림

언제나 나는 기다림으로
하루를 맞이하네요.
눈이 떠지면서 바로
기다림은 시작되고
눈이 감기면서 바로
기다림은 끝이 납니다.
어쩌면 끝이 아니라
꿈으로 바뀌는지도 모르겠습니다.
기다림은 끝없이 이어져
문밖을 서성이며
길 끝을 바라보곤 합니다.
기다림은 그렇게
잠이 들어도
잠이 깨어도
그치지 않습니다.

내 기다림은
기다림일까요?
그리움일까요?
기다림이라면 끝이 있겠지만
그리움이라면
끝이 없을 듯 하네요.
아침에 눈을 뜨고
저녁에 눈을 감으며
가슴에서 울려오는
그리움의 진동을 듣습니다.
그리움의 진동은
어떨 때는 꽃이 되고
어떨 때는 향기가 됩니다.
기다림인지 그리움인지
내가 알지 못하는
이 서성임은 언제 끝이 날까요?

오월의 길을

누구를 만나기 위해
그 먼 길을 걸어서
그리 오랜 날을 지나며
살갗 파고드는
냉한을 이기시고 오셨는가?

누구를 만나기 위해
보라색 너울을 쓰고
황금 꽃술을 달고
진주 이슬 매달은
고운 옷 입고 오셨는가?

새소리 해맑은
물 맑은 골짜기
청황적백의 오월은 오고
걸음마다 꽃잎 흩어져
한 발 한 발이 아까운 길을
차마 밟고 오셨는가?

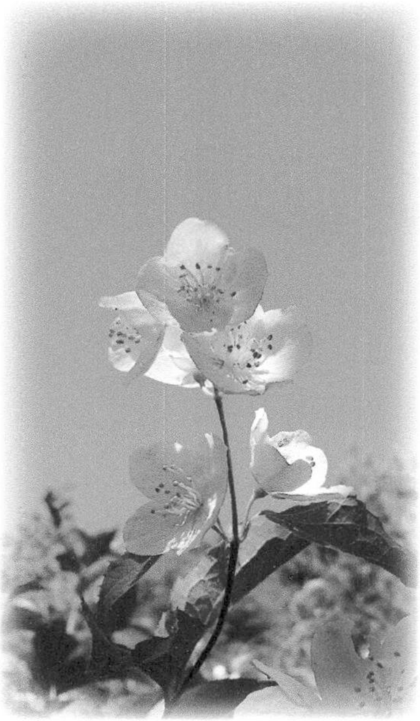

몸 공양

할 수만 있다면
이 몸을 향을 만들어
높으신 내 님 코를 적셔
새 기운을 드리는
한 가닥 향공양 되고저...

할 수만 있다면
이 몸을 등을 만들어
내 그리우신 님을 밝혀
가시는 걸음 걸음에
환한 빛이 되어 드리고저...

할 수만 있다면
이 몸을 차를 만들어
내 살가우신 님의 몸에
따스한 기운 드리는
한 잔의 차공양 되고저...

할 수만 있다면
이 몸을 꽃을 만들어
내 고우신 님의 곁을
아름드리 가꾸는
한 떨기 꽃공양 되고저...

다시 또 사월은 와서
초 여드래 날은 밝고
위없는 말씀 '유아독존'
깨우침의 진동되어
다시 천지를 울리나니...

할 수만 있다면
이 몸 말씀이 되어
이르는 곳마다 설법하고저...
만나는 이마다 화도하고저...

사소한 기쁨

배고픈 서러움을 겪어보지 않고서
음식의 소중함을 어찌 알겠는가?
타는 목마름을 경험하지 않고서
물의 소중함을 어찌 알겠는가?
실직의 고통을 당해보지 않고서
직장 있는 고마움을 어찌 알겠는가?
아프지 않고 지내는 것이
얼마나 고마운 건지
못 견디게 아파보지 않고는 모른다.
허구헌 날 혼자 맛없는 밥
꾸역꾸역 먹어보지 않고선
가족과 함께하는 것이
얼마나 고마운 건지 알지 못한다.

마음껏 숨 쉴 수 있는 기쁨.
가고 싶은 곳 마음대로 가는 기쁨.
큰 불편 없이 지내는 기쁨.
이야기 나눌 상대가 있는 기쁨.
아무 때나 전화할 수 있는
누군가가 내게 있는 기쁨.
일상의 사소한 기쁨이 모여
생을 온통 기쁘게 함을 알아야 한다.

사진 한 장

오랜 벗에게서
삼십 년도 더 지난
사진이 한 장 왔다.

주름 하나 없는 얼굴에
꼿꼿한 허리,
드넓은 어깨로
호랑이라도 잡을 듯
힘차게 서 있는
우리들 모습이었다.

그 당당하던 젊음은
다 어디로 떠났는가?

함께 모시고 서 있던
관응 노사께서도 떠나시고
정답던 벗들도 더러
다시 못 올 길 가시고

깊은 산 작은 흙집에
나 홀로 앉아
굽은 등 휘인 허리로
미타참으로 아침을 열고
무량수 송으로 잠을 청하네!

함께 가세

아무리 돈이 많아도
늙음은 피할 수 없고
죽음을 도망 못가네

아무리 건강하다 해도
병고를 면하지 못하고
임종은 오고야 마네

권력도 어쩌지 못하고
주먹도 소용이 없고
사랑으로도 못 면하고
덕망으로도 피하지 못하네!

말로도 이기지 못하고
칼로도 베지 못하는
기왕에 악착같은 놈을
미워한들 무엇 하랴?

싫어한들 피하지 못하니
오히려 저와 어우러져
친구 되어 가세
길동무 되어 가세
저승길까지 함께 가세

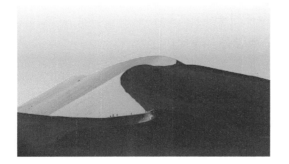

붓다 닮기

마음에 새겨
잊지 않으면
자연히 몸에
배이게 된다.

몸에 배어져
늘 함께하면
자연 행동으로 옮겨져
삶이 그렇게 된다.

오늘 우리가
정성 다해 기도하고
혼신으로 수행함은
자비롭고 해맑은
삶을 이루기 위한
간절한 노력이다.

몸과 행동을
자비롭고 해맑게 하여
붓다 닮은
나를 만드는
끊임없는 노력이다.

용연 폭포

천둥 쳐 쏟아지는
물방울 분노에
마음 어린 나는
할 말을 잊는다.

만년 또 만년을 흘러
바위를 쓸어
용 지나는 길을 내고
또 어디로 살같이 내달아
길을 열어 가시는가?

늙은 용비늘로
가로 드리운 노송은
말 없는 말을 머금어
천수백 년을 기다린다.

그리 오랜 날을
아무 소식 없으신
이 땅 보듬고 가실
당부 받으신 이는
정녕 오시기는 하실런지...

거칠게 치켜선
용뿔 박달목은
이슬비 종일을 받아
열두 층 돌탑에
비나리를 더한다.

건지소서!

당신께서 세상에 오실 때
첫 말씀으로 내리신
"하늘 위에서도 하늘 아래서도
오직 내가 높도다." 하심은
저들 중생이 하늘보다 높고
땅보다 귀하다 하심이 아니신지요?

당신께서 그리 귀하게 여기신
저들이 지금
어느 날 불현듯 시작된
코로나라는 세균의 침투로
어느 한 곳 빠짐없이
죽음의 공포에 시달리고 있고
질병의 고통을 당하고 있나이다.

세상 모든 현상이
업으로 인한 것이니
지금의 이 병고도
제 업보로 만들어진 것임을
잘 알고 있습니다마는
차마 보고만 있을 수 없어
새벽을 열어 목청 돋우어
무릎 꿇어 원청 드리나이다.

부디 삼세를 뛰어넘는 자비로
곳곳의 중생들을 다 구하소서!
부디 원근을 초월하는 가피로
가엾은 저들을 남김없이 건지소서!
부디 두려움 없는
전일의 일상으로 돌아가
지혜로운 삶을 열어가게 하소서!

과소비

악착같이 모은 재산 중
자신이 쓰는 것은
대부분 십분의 일도
백분의 일도 안 된다.
우리가 먹는
하루 음식은
몸이 필요로 하는 양을
70% 이상 초과한
지나친 영양 섭취다.
옷장의 옷은 70% 이상이
입지 않는 옷이다.
필요한 옷이 아니라
옷 욕심에 산 것이다.
우리가 살고 있는 집도
필요 이상으로
땅을 소모하고 자재를
소모하고 있다.
휴대폰 기능 8.90%는

사용조차 하지 않지만
더 비싸고 좋은 것을
사기 위해 연신 돈을 쓴다.
냉장고도, 컴퓨터도, 청소기도
필요보다 소유욕으로 산다.
이렇게 우리는
집과 돈과 음식, 의복 등을
필요 이상 소유하고
필요 이상 소비하고
필요 이상을 점유해서
다른 이에게 돌아갈 몫을 빼앗아
가난한 자를 더 가난하게 하고
약한 자를 더 약하게 하고
아픈 자를 더 아프게 한다.
나누지 않는 소유욕은
중대한 범죄임을 알아야 한다.
지나친 소유욕 때문에
지나친 소비성 때문에

지나친 탐욕 때문에
하늘은 날로 시커메지고
자연 환경은 날로 파괴되고
질병은 날로 늘어나고
서로의 삶은 황폐해지고 있다.
상대를 배려하지 않음이.
자기 욕심만 채우려 함이.
허상을 쫓는 공허한 자아가.
아름다운 우리 공간을
지옥으로 만들어 가고 있다.
필요 이상을 소유하며
필요 이상을 소모하는
삶을 즐기는데 몰입하는 자들은
이 땅을 망치는 장본인들이다.
반드시 책임질 날이 있을 것이다.
그 때를 어떻게 감당할지
통열히 생각해봐야 한다.

바람 잦아들자

간밤에 불던 바람
그리도 창문을 흔들더니
햇살 도타워지자
바람 잦아들고
창문도 고요해졌네!
산 그르매 내리자
손님 서둘러 떠나고
찻그릇 식어지니
차실도 한가해졌구나.

장마

장마가 하도 지리해서
방마다 곰팡이 피고
손잡이마다 녹이 습니다.
신다가 둔 신발마저
허연 버캐가 쓸어
나들이를 막습니다.
금년 운수는 대체
무슨 죽을 운수라서
코로나에 물폭탄에
세상이 온통 지옥일까요?
그래도 산중에는
길섶에 꽃잎 돋고
가지에 바람이 일지요.
구름 낀다고
하늘 탓해 무엇하며
태풍 분다고
바람 탓해 무엇하겠습니까?

그저 기다리노라면
구름은 절로 걷힐 것이고
바람은 절로 잦아질 것입니다.

오직 바라옵나니!

새벽 산곡을 울려
서쪽 하늘로 보내는
그지없이 절절한 소리
가슴으로 드리는 소리

나를 사랑하시는
나의 님이시여!
내가 사랑하는
나의 님이시여!

서방 해맑은 유리 세계
가고지고 가고지고
오늘도 좋고
내일도 좋습니다.
모래라도 괜찮고
글피도 상관없습니다.

어서 갈 수만 있다면
하루빨리 갈 수 있다면
더 바라지 않습니다.
다시는 생사에
오르내리지 않게 하소서!
고해에 들지 않게 하소서!

영혼도 육신도
한 점 티끌조차 남지 않는
영원한 적멸이게 하소서!

정토 가는 길

원효가 머물다 간
분황사를 돌아
이슬비 후줄근 맞으며
가을 출렁이는 들녘을
돌아 돌아 설담에 드니
코로나도 어디로 가고
기나긴 장마도 떠나고
노곤한 졸음만 밀려드네
살다 보면 태풍도 떠나고
지내노라면 질병도 물러가고
그럭저럭 나도 떠나리니
남은 생이 얼마일지 모르지만
하루 하루 소중히 살아
지금에 충실하며
내생을 기약하여
희망 품어 살아야겠네!

때마다 고민하고
때마다 짜증 부려도
달라지는 아무 것 없고
오히려 얼굴 가득
주름만 늘어나리니
정토 가는 길에
장애를 더할 뿐이리라.

이 허물 어찌하나!

지구라는 이 별이
단 하나의 아름다운 이 별이
생명이 살 수 없는
두려운 땅이 되고 있음을
모두가 알고 있을까요?
이 별에 살고 있는
수많은 생명들이
나날이 말할 수 없는
고통에 시달리고 있고
수없이 죽어가고 있음을
모두가 알고 있을까요?
바다에서는 고래가
비닐봉지, 나일론 끈을 삼켜
숨을 쉴 수 없을 지경이랍니다.
살아갈 땅을 잃은 짐승들은
차도를 다니다가 사고를 당해
사자도 캥거루도 늑대도
연신 목숨을 잃고 있습니다.

히말라야 만년설이 녹아서
물에 잠기는 땅이
연신 생겨나고 있습니다.
하늘은 시커먼 매연에 덮이고
거리는 열섬에 푹푹 찌고
이젠 어느 한 곳도 옛날같이
사람 살기 좋은 곳이 없습니다.
길이 후손에게 물려주어야 할
이 소중한 단 하나의 지구를
우리들이 이렇게
죽음의 별로 만들고 있습니다.
우리가 지은 엄청난 죄를
사람들은 알고 있기나 할까요?

축원

죄를 지어 벌을 받게 됨은
누구도 못 피하는 법계의 진리라
코로나의 고통도
제가 지어서 받는
업보임을 잘 알고 있습니다.

그러나
중생들 고통은 너무 깊어서
차마 두고만 볼 수가 없습니다.

이웃을 만날 수도 없고
가족과 함께할 수도 없는
참혹한 삶을 살아야 합니다.

거리에는 연신 죽음이 내 걸리고
병실은 신음하는 자로 가득한
지옥 같은 일상을
하염없이 견디고 있나이다.

저 가엾은 중생들이
코로나의 참담한 질곡에서
어서 벗어나게 하소서!

예년의 평화로운 일상으로
어서 돌아가게 하소서!

가고 싶은 곳 갈 수 있음 만으로도
충분히 행복임을 깨달을 것입니다.
이웃과 정답게 지내는 것이 더없는
기쁨임을 깨달아 알게 될 것입니다.
일상의 작은 일들이 소중한 행복임을
이제 충분히 알게 될 것입니다.

존귀하신 법 만난 기쁨에 감사하며
이웃과 형제와 함령이
내 목숨처럼 고귀함을 느끼며
함께하는 동체대비 이루게 될 것입니다.

더불어
이 세상 모든 이를 어여삐 여기소서!
이 나라 백성을 어여삐 보호하소서!

세계의 백성이 모두 편안하길 빌며
대한민국 백성들이 평화롭기를 빌며
남북이 어서 하나 되고
정치가 안정되기 바라나이다.

이 땅의 모든 생명에게도
평화와 안녕이 함께 하게 하소서!

부처님 지혜 광명이 가득하여
저마다 깨달음 이루어
모두 니르바나에 들게 하소서!
나무 석가모니불~

하루하루

가르침에 젖고자
경을 읽고
명호를 염송하여
하루도 거르지 않으려고
날마다 애를 쓴다.
어떤 날은
금강의 말씀을 읽고
다른 날은
법화 보문을 읽고
오늘은
간절한 소망의 말씀
아미타 송을 읽는다.
잠들기 전에도
자리에 누운 채
두 손 꼽아
명호를 뇌어
긴 호흡에 잠긴다.

눈 뜨며 시작되는
말씀과 어우름은
포행에도 접객에도
쉼없이 이어져서
잠드는 순간에 그친다.

앞산

산신처럼 준엄하게
허리 꼿꼿이 세우고 앉아
매일 나를 바라보는 앞산

태백 줄기를 타고 와서
바다 앞에서 걸음 멈춘
준령의 마지막 봉우리

어느 하루도 거르지 않고
내 일상을 낱낱 지켜보며
무언으로 따지는 스승

어린 시절 긴 오솔길을
땀에 젖어 오르내리며
실타래같이 심은 기억들

지금은 저승에 가시어
다시는 모습 볼 수 없는
선명하게 그려지는 얼굴

아무 잘못 없어도
가만히 마주하여 있으면
그냥 가슴이 저려지는
내가 바라보는 앞산

제3부

가르치심

가르치심

깔리마경에서 이르셨다네
"전해 내려온 것이라도
다 진실하다고 할 수 없다.

경전 말씀이라도
무조건 믿어선 안 된다.

논리에 맞는다고
다 진실한 것이 아니다.

인증 받은 학문이라도
틀릴 수 있음을 알아야 한다.

권위 있는 사람 말도
잘못이 있을 수 있다.

여래의 가르치심이라도
스스로 깨닫지 않으면
어리석은 믿음이 될 수 있다.

스스로 깨닫지 못한
확실하지 못한 믿음은
미신에 불과하다."

납덩이 가슴

납덩이 가슴을 들고 와서
가만히 당신 우러러
가슴에서만 수없이 들끓던
말이 되지 못한 말을
폭포수같이 쏟아내어
당신께 드리고 엎드립니다.

몇 날 며칠을 벼르며
쌓고 쌓아 둔 말씀을
당신께만 들리게
은밀하게 혀를 달싹여
긴 한숨으로 사뢰었습니다.

작은 답이라도 주실까?
예불이 다 끝나도록
숨죽여 엎드려 있었지만
끝내 아무 말씀 없으시어
천근 납덩이 금구만

하염없이 올려 뵈옵다가
섭섭한 마음 누르며
흐린 눈 비벼 나섭니다.

올 때의 걸음같이
무거운 납덩이 걸음으로
새벽 바람을 비켜 나섭니다.

말씀 없으심이 외려
깊은 말씀이라 하심을
들어 알고는 있었지만
들리지 않는 말씀이
이렇게 무거운 말씀이 되어
제게 눈물이 되고
거푸 한숨이 되는 줄을
사무처 알지 못했습니다.

바람같이 왔던 몸이라서
바람같이 살다 가야 함을
늘 새기고는 있지만
바람에도 구름에도
흔들리지 않고
말없이 서 있는 나무가
이리 답답하기는 처음입니다.

생명의 시계

내 생명의 시계가
언제 멈출지는
아무도 모른다.

생명의 시계가
돌아가는 순간이
살아있는 순간이다.

초침이 멈추는 순간
싫든 좋든
내 생명도 끝난다.

삶이 힘들더라도
짜증내지 말고
적극적으로 살아라.

보다 즐거울 수 있는
삶의 방법을 찾아서
부지런히 노력하라.

오늘 일을
내일로 미루지 말고
오늘을 소중하게 살아라.
내일은 끝내 오지 않을 수도 있다.

살아가는 것이 모두
행복할 수는 없지만

자기 노력에 의해
건강을 누릴 수도
행복을 누릴 수도 있다.

벗이여, 그래도 기도해야 합니다

아프시거든 기도하소서
살을 도려내는 아픔을
참아 이기며 기도하소서!
가슴 무너지는 고통을
견디며 견디며 기도하소서!
살을 찢는 감옥에서
그대를 탈출하게 할 희망은
기도가 아니고는 달리 없습니다.
기도는 삶이 무너지는 고통에서
벗어나게 할 한 줄기 빛입니다.
그대를 건져줄 한 줄기 생명줄입니다.
생명줄을 놓으신 뒤의
그 긴 고통의 날들을
차마 어떻게 견디겠습니까?
희망의 빛을 잃은 뒤의
그 긴 절망의 시간을
차마 어떻게 버티어내겠습니까?
빌어도 빌어도 성취되지 않는

기도가 있음을 우리는 압니다.
그래도 기도를 버릴 수 없음은
기도가 아니고는
우리가 존재하는 의미를
가질 수 없기 때문입니다.
기도가 아니고는
그 힘겨운 싸움을
이겨낼 수 없기 때문입니다.
기도가 이루어지지 않음을
서럽게 서럽게 경험하고
무심하심에 눈물을 흘기도 했지만
욕심이 커서 가피하심을
알아보지 못했을 뿐이지
결코 가피가 없었던 게 아니었습니다.
칠순이 넘도록 살면서
기쁜 일 슬픈 일을 지나며
미운 이도 고운 이도 만나며
사랑 받으며 사랑 주며
지금까지 살 수 있었던 것은
눈으로 확인할 수 없는
가피하심이 있었기 때문입니다.

벗이여!
끝내 가피 있으실 것을
믿어 의심하지 않아야 합니다.
바람이 이루어질 때까지
혼신으로 기도해야 합니다.
간절히 원하면
반드시 이루어진다 하셨습니다.
아침에서 저녁까지
하루를 그분 곁에 맴돌며
온전히 친구가 되십시오!
그의 가슴을 파고 들어가
나를 잊어 그가 되십시오!

제3부

지금이다

더 소유하고 싶은
욕심만 내려놓으면
삶은 그리 힘겹지 않다.

작은 것도 고마워하며
현재에 즐거움을
느끼도록 노력하면
지금 바로
행복을 만나게 된다.

모든 일을
순리로 받아들이며
너그럽게 살아가면
여유로운 삶이 열릴 것이다.

사람이 사는데
그렇게 많은 돈이
꼭 필요한 게 아니고
그렇게 많은 물질을
소모하지 않아도 된다.

너무나 많은 것을
소유하려 하고
너무나 많은 것을
소모하며 살려는
욕심 때문에
삶이 힘들게 된다.

지금 없는 내일은 없다.
지금을 소중히 살아야 한다.

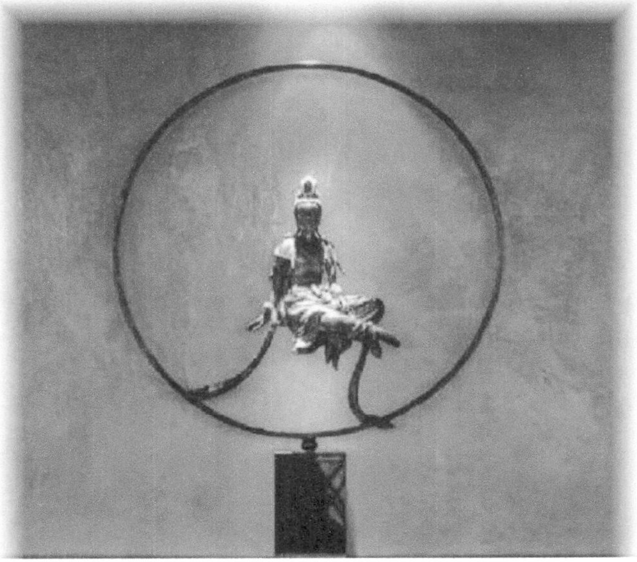

헐거워지는 삶

무엇을 가지러 갔다가
가져 갈 것이 생각나지 않아
한참을 이리저리 서성인다.

잘 아는 사람 이름이
도무지 생각나지 않아
빙빙 둘러대느라 땀을 뺀다.

중요한 약속을 잊어서
낭패 당한 경우가
하루 다르게 늘어난다.

나이가 들면
알아도 모르는 체
들어도 못들은 체
보아도 못 본 체하라고

눈도 어두워지고
귀도 잘 들리지 않고
기억도 흐려진다더니
나도 그렇게 살라는 건가?

저승에 가져가서 안 될
무어 그리 중한 게 있어서
무슨 비밀이 많아서
누구누구 할 것 없이

보지도 못하게 하고
듣지도 못하게 하여
아니라도 부실한 삶을
날로 헐거워지게 하는가?

합장

오늘이 지나면
코로나도 함께 사라져
모든 시름에서
벗어나지기를 소망합니다.
내일이 밝아지면
마음껏 가고 싶은 곳도 가고
보고 싶은 이도 보며
감옥 같은 삶에서
벗어나지기를 기도합니다.
사람과 사람의 만남이
이렇게 소중한 줄을
전에는 알지 못했지요.
가고 싶은 곳
마음껏 다닐 수 있음이
더없는 기쁨이었음도
전에는 알지 못했습니다.

특별하지 않은 일상도
매우 소중했음을
비로소 알게 되었네요.
더도 덜도 말고
전일의 평화로운 일상으로
돌아갈 수 있기를
간절히 기원합니다.
부디 잘 이기시고
부디 잘 피하시어
건강 지키시기 바랍니다.
마스크도 내던지고
음식도 함께 먹으며
두 손 힘껏 맞잡고
얼굴 부비는 날이
바로 내일이기를
합장 또 합장합니다.

씻어지소서!

탐욕을 억제 못 하면
무거운 죄를 짓게 되어
살아서는 감옥에 갇히고,
죽어서는 지옥에 떨어져
한없는 고통을 당하게 됩니다.

성냄을 다스리지 못하면
한순간에 죄를 짓게 되어
살아서 참혹한 과보를 받고
죽어서는 지옥에 떨어져
참혹한 괴로움을 당하게 됩니다.

어리석음을 벗어나지 못하면
옳고 그름을 알지 못하여
하는 일마다 죄가 되어
살아서 어둠을 헤매게 되고
죽어서는 지옥에 떨어져
기약 없이 쇳물을 마셔야 합니다.

세 가지 업보가
진드기같이 달라붙어
몸과 입과 생각을 휘저어
살아서는
한없이 질곡을 헤매게 하고
죽어서는
살을 찢는 지옥고를
끝날 날 없이 받게 합니다.

나무아미타불 일심으로 불러
탐욕을 씻어내려 하나이다.

나무아미타불 일심으로 불러
성냄을 쓸어내려 하나이다.

나무아미타불 이심으로 불러
어리석음을 닦아내려 하나이다.

눈

하늘 땅
산과 들을 덮어
눈이 내리고 있어요.
나무도 풀도 하얗게
왕관을 쓰고 있어요.
허공을 메워 날리우는
가루같은 눈발에
오리가 안갯속입니다.
참 오랫만에 만나는
귀한 눈이랍니다.
아무 물들임 없는
저 순백의 눈밭을 뒹굴며
어린 날의 천진으로
돌아가고 싶습니다.
칠십이 넘은 나이를
두 팔 벌려 팽개치고
난만의 그날로
돌아가고 싶습니다.

눈밭을 같이 딩굴던
칠십 년 전 친구
영철이가 생각납니다.

먼저 웃자

먼저 웃어보자는 생각을 한다.
먼저 손 내밀어보자는 생각을 한다.
먼저 인사하자는 생각을 한다.
먼저 전화를 걸자는 생각도 한다.
먼저 사과해보자는 생각을 해본다.
먼저 찾아가보자는 생각도 한다.

좋아하지 않는 사람에게 먼저 웃어주기는
참으로 어렵지만
속 좁은 나를 포용의 바다로 이끌어
높은 인격을 가지게 할 것이다.

싫은 사람에게 먼저 손 내밀기는 매우
어려운 일이다.
그러나 어려운 일을 해내지 않고는 보살의
인격을 갖추지 못한다.

싫은 사람에게 먼저 인사하기는 정말 싫다.

그러나 싫은 사람을 오히려 보듬는 너그러움은
보살이 갖추어야 할 최고 덕목이다.

다투었던 사람에게 먼저 사과하기는 더없이
어렵다.
그러나 내 웃음은 내 속의 화를 녹여서
화의 독으로부터 나를 구해 용서의 즐거움을
누리게 한다.

싫은 사람에게 먼저 인사하는 건 참으로
쉽지 않은 일이다.
그러나 싫은 사람. 좋은 사람 차별하는 마음이
부처님 배반하는 마음임을 알아야 한다.

언쟁이 있었던 사람에게 먼저 전화 걸기는
매우 어려운 일이지만 그래도 먼저 전화하는
사람이 더 어른스런 사람임을 알아야 한다.

구업 참회

오늘은
입으로 지은
네 가지 업을 참회하여
관음님께
예참 드렸다.

거짓말 한 업
꾸밈말 한 업
험한말 한 업
이간질한 업이다.

자비심이 부족해서
진실하지 못해서
탐욕심 때문에
시기심 질투심 때문에
저지른 업이다.

옴 아로륵게 사바하
옴 아로륵게 사바하
옴 아로륵게 사바하

관세음 자비로
모든 업보 소멸되어
해맑은 영혼 되어지이다.
옳고 바른 삶 이루어지이다.

신업 참회

오늘은
기도 둘째 날로
몸으로 지은
세 가지 죄를
관음님 덕을 빌어
일심 참회한다.

몸으로 지은
세 가지 업이 부디
긴 장애 되지 않기를
일심으로 빌어.

살생 업에서 벗어나고
투도 업에서 벗어나고
사음 업에서 벗어나지소서!

다시는 세 가지 업에
휘말리지 않게 하소서!

회향하는 마음

몸을 정갈히 하고
마음을 가다듬어
관음께 예참 드려
정성으로 올린
정초기도 회향일이다.

십악을 참회하여
업장 소멸을 빌어
뜨거운 향 기운으로
삼업을 불살라
길이 소멸되길 빌었다.

탐욕에서 생긴
시기 질투를 태웠다.
성냄에서 비롯된
분노의 죄업을 태웠다.
어리석어서 저지른
무지한 악업을 태웠다.

이후의 하루하루가
깨달음으로 살아지고
지혜의 삶이 이어지고
자비를 늘 실천하여
더는 십악에 떨어지지 않게 되기를
빌고 빌었다.

대성자모 관세음님
크신 가피 내리시어

모든 죄업 다 사라지소서!
바람 다 이루어지소서!

다시 봄은 오고

겨울 머물다 떠난
차갑고 메마른 자리에
어김없이 봄은 다시 오고
따슨 햇빛 가득 내려
가지마다 초록 기운 솟고

갖가지 꽃들 다투어 피어
사랑이 아지랑이처럼
너울너울 치솟아 오르는
가만히 멈추어있음이
차마 죄스러운 때입니다.

그러나 어쩌겠습니까?
남을 걱정하고
나를 염려하여
가만히 집에 있어야 하는
참 이상한 세상에 있으니

향기 진하게 뽐내는
매화라도 한 가지
꽃병에 꽂아두고
스스로 가슴을 어루만져
설렘을 진정하여
봄을 즐기시면 좋겠습니다.

봄바람

봄바람 오지게 난
온갖 꽃들이
눈이 부시도록
볼 화장 짙게 하고
잠자리 날개 같은
치맛자락 살랑이며

진한 몸 냄새로
사나이 코를
사정없이 찔러놓고
눈웃음 살살 치며
애간장 녹여
내 앞을 지나가네

겨우내 몰아치는
칼바람 냉풍에 얼어붙은
돌덩어리 가슴을
나 홀로 어찌하라고

돌아도 아니 보고
불만 풀풀 지르는가?

아니라도
독하고 모진
코로나 감옥에 가두어져
굳어지고 쪼그라진
이 답답한 나를
어찌 이리 흔들어 놓는가?

기름에 불 붙이듯
화기만 내지르고
저 홀로 훌훌히 떠나면
오고 가도 못하는
나는 어쩌란 말인가?

어름한 말솜씨

오늘도
어름한 말솜씨로
모자라는 배움으로
말씀을 전하기 위해
책을 챙겨 나선다.

부족한 자신을
돌아보지 않고
가르치심 전하려는
이 무모한 짓이
높으신 뜻을 오히려
그르치지나 않을지
왜곡 전달되지는 않을지
염려가 적지 않지만
그래도 하지 않고
가만히 있기에는
세월은 너무 빠르고
사람들 마음은 조급하다.

세상이 어디로 흘러갈지
사회가 어떻게 변할지
예측 못하게 불안하여
가만히 앉아 있을 수가 없다.

본래 한 물건도 없던
빈손 빈 몸으로 온
우리가 아니던가?
모두를 잃어도 본전이다.
조급해할 아무 것도 없다.

내려놓으면 아쉬움에서
편안히 벗어나게 되고.
벗어 던지면
조용한 삶이 열릴 것이다.

깨진 찻잔

버리기 아까운
깨진 찻잔에
돈냉이를 심어
차탁 한쪽에
햇빛 잘 들게
올려놓고 보니
모양새가 제법
그럴싸하다.
버려져야 할
깨진 그릇도
잘 이용하면
꽃 그릇으로
쓸 수 있음을
알게 하는
봄빛 따사롭고
해빛 맑은
사월 한나절이다.

세상은 매우
어수선하지만
봄은 어김없이
우리를 찾아와
산은 푸르고
꽃은 피어난다.

새 옷 드림

따신 햇빛 내리던 날
오랜 세월의 때를 입어
존안도 가사도 검어지신
대웅전 세 부처님께
서둘러 새 옷 드리는
개금 법요를 마련했다.
어려운 때를 걱정했음이
되려 부끄럽도록
많은 동참 있으시어
감사와 기쁨으로
하늘 높이 연창 울리고
환희와 용략으로
오색사를 드리웠다.
하나로 드린 염원이
크신 가피로 내려져
법수레 날로 커지고
따르는 이 항하수이리.

말씀 따라
모두가 하나되어
일음으로 드리는 합송
질곡에서 벗어나게 되리.
용화 세상 이루어져
좋은 날 만나게 되리.
태평 천하 이루어지리.

제4부

떠나는 봄

떠나는 봄

사월은 수많은
꽃잎을 데리고 와서
어디라 할 것 없이
천지를 들썩이게 하더니
아직 그 설레임
잦아지기도 전에
짙은 보라빛 향기만
오두카니 남겨두고
뒤도 아니 돌아보고
봄은 또 어디로 떠나가네요.
이미 오월은 와서
짙푸른 채색의
목단은 지고
이슬 머금은 새벽은
꽃밭을 자욱이 적셔
다른 날을 기다리는데
고웁던 사월 꽃밭을
점령군처럼 밀어낸

매몰찬 봄은
또 다른 곳을 향해
바쁘게 채비하여 떠나네요.
처량하게 나뒹구는
사월의 꽃잎이여!
잔영처럼 허공을 맴도는
아카시아 향기여!
남빛 전설로 와서
사월을 휘몰아치고 사라지는
꽃의 여왕이여!
이제 비가 내리고 바람이 불면
나는 문을 닫으리
떨어진 꽃잎이
보이지 않도록
문을 꼭꼭 닫으리.

부처님 오신 날 발원

세존께서 처음
세상에 오시던 그날처럼
가지가지 꽃들 다투어 피고
향기는 대지를 가득 적시고
새들은 힘껏 노래하고 있습니다.

구름은 눈부시게 앞산에 드리워
설산을 꾸미는 듯 신비롭고
바람은 고르게 불어와
나무도 풀도 꽃들도
환영의 춤사위를 엽니다.

오시지 않으시고 오셨기에
떠나도 떠나지 않으셨음이라
언제나 우리 곁에 머무시는
늘 그대로 반가우신 님이시여!

2650년 전 그 사월처럼
올해에도 여전히 그렇게
꽃은 다투어 피고
향기는 대지를 덮는데

가자 땅에선 같은 얼굴들을
사정없이 학살하여 땅 다툼을 하고
미얀마에선 동족의 목숨으로
권력의 성을 쌓고 있습니다.

지구상의 모든 중생들이
지금 코로나라는 질병으로 인해
곳곳에서 신음하고 있고
곳곳에서 연신 죽어가고 있나이다.

진리의 법신으로 오셨기에
오지도 가지도 머물지도 않고
언제나 변함없이 그대로이신 님이시여!

태어남이 있어 죽음이 있고
흥함이 있어 쇠함이 있듯이
평화와 고난은 공존한다는
법계의 진리를 깨우치심이신가요?

그래도 우리는 오늘
정성으로 몸단장하고
연꽃 등 두 손으로 받쳐 들고
일심으로 합장하여 발원하나이다.

더없이 높으신 가피
세상에 가득 내리시어
어서 질병에서 벗어나게 하소서!
다툼이 사라지게 하소서!
바람 비 고르게 내려
나라와 백성이 편안하게 하소서!

정다운 세상

존귀하신 우리 임
석가께서 오신
사월의 꽃다운 날
전광의 맑은 햇빛
종일을 내리시어
때 이른 장마에
밤새운 걱정
말끔히 씻어주셨어라.
손끝이 붉어지도록
정성으로 만든
다섯 빛깔 연등
무릎 아래 밝히고
합장하여 바람 드리나이다.
저 일심의 등빛이
세상 곳곳을 밝혀
질병을 이기게 하소서!
쟁패를 물리게 하소서!
기근을 벗게 하소서!

다시는 걱정 드릴 것 없는
정토 세상 이루어지소서!
만나는 이마다
정다운 세상 이루어져
가릉빈가 노래로
매일을 살게 하소서!

등불

가르치심을 등불 삼아
부지런히 수행하라.
경계에 흔들리지 말고
깨달음의 길로 묵묵히 나아가라.
자기를 등불로 삼고
남에게 의지하지 마라.
삼보를 항상 받들어
오직 깨달음을 향해
부지런히 노력하라.
깨달음은 예리한 성찰과
날선 정진으로 일상을 하나하나
다스리는 자가 이루어낸다.
몸과 마음을 잘 다스려
항상 깊게 관찰하라
욕망과 집착이
근심을 만든다는 것을
마음에 새기고 또 새겨라.

쉼 없는 정진만이
나를 밝혀줄 등불임을
항상 잊어선 안 된다.
자기를 스승으로 하여
가르치심을 스승으로 하여
신명을 바쳐 나아가라

나무아미타불

어제도 이슥토록
무량수 이름 부르며
손가락 백팔 번 꼽아
잠이 들었습니다.

오늘 아침에도
예불 마치자마자
두 백팔
무량광 이름 불러
하루를 열었습니다.

아미타 간절히 부르면
꿈에서도 함께하시기에
잠이 들지 않아도
마음이 편안합니다.

미타찬으로 가노라니
첩첩한 산속에서

길을 잃어 헤맬 때에도
두려울 아무것 없었습니다.

아미타와 가는 길은
먼 길이 멀지가 않습니다.
아미타와 가는 길은
혼자라도 외롭지가 않습니다.

속 깊고 자비하신
아미타 품에 안기시면
거센 세상 파도를
가뿐히 이겨낼 수 있으리이다.

오늘도 부디
거룩하신 그 이름 불러
편하고 고마운 하루
만들어가시기 바랍니다.

올 여름은

밤새워 내린 빗물에
뜨락의 낮달맞이는
죄인처럼 고개를 숙이고
잔뜩 풀죽어 있습니다.
그 곁에 있는
진한 향기의 백합도
겁에 질린 듯
다소곳 이슬 젖어 있습니다.
산등성을 채워 넘는
짙은 구름은 또
어딘가로 떠나서
세찬 비를 뿌릴
채비를 합니다.
저마다 수재도 풍재도
화재도 없는 세상을
매일 노래하지만
하늘은 늘
심술을 그치지 않고

하루가 멀다고
풍파를 일으키고
화재를 불러오고
수재에 시달리게 하네요.
어제 종일 내린 비에
언덕은 무너지고
집은 허물어지고
사람들은 목숨을 잃고
망연자실하고 있습니다.
제발 올 여름은
더 큰 피해 없이
하루하루 지낼 수 있는
근심 없는 나날이
이어지면 좋겠습니다.

천도 기도

몸을 맑끔히 씻고
마음을 정갈히 하여
마흔아홉 날을
아침 점심 저녁에
목청 다듬어
지장경을 읽으려 합니다.
지장보살 이름을
들으실 수 있도록
간절하게 부르려 합니다.
고통 중생 구제를
본원으로 세우시어
지옥 문전을 하루도
떠나지 못하시는
어느 하루도
눈물 마를 날 없으신
지장님께 가피를 빌으려 합니다.
내 사랑하는
아버지, 어머니

할머니 할아버지
멀고 가까운 친척 영혼들께서
극락에 오르시기를
기도하려 합니다.
좋은 쌀알만을
한 알 한 알 골라서
머리에 이고
수십 리 길을 걸어가시어
공양 올리시던
옛 어르신들 정성을
잇는 노력으로 기도하려 합니다.
존자님 효심이
어머님을 구제하셨듯
우리의 가까운 영혼들께서도
우리의 정성으로
고해 벗어나 해탈의 기쁨
누리게 되길 기도합니다.

깨달음의 기쁨

깨달음의 기쁨을 누리려거든
항상 가르치심을 따르라.
뱀이 쥐구멍을 찾듯
무엇을 찾아 허덕이지 말고
현재 조건에 감사하라.
깨달음의 기쁨을 맛보려거든
항상 가르침을 생각하라.
음식이나 환경을 탓하지 말고
현실에 순응하도록 노력하라.
오직 오감을 다스리며
좋고 싫음에 매이지 않음이
깨달음의 즐거움을 누리게 한다.

- 수뇌경-

바람

칠월 말에서
팔월 초에 이르는
한 보름 동안을
어찌할 바를 모르도록
극심한 더위가
이 땅을 휘몰아쳤었다.
가만히 앉아 있어도
땀이 줄줄 흐르고
오솔길을 서성여도
숨이 턱에 차고
선풍기 없이는 도무지
살아날 수가 없었다.
팔월 중순에 접어드는
8일 9일 즈음에
세찬 비가 내려
열기를 한바탕 식힌 뒤에
비로소 한숨 돌렸다.

이제 가을이 와서
바람은 서늘히 불고
별은 총총히 내려
우리는 결국
긴 뒤척임의 밤에서
벗어나게 된 것이다.
숨이 막히도록
지겹고 혐오스러운
코로나도 그렇게
가는 여름을 따라
보따리 싸서 멀리 떠나고
평화와 안온이
세상을 가득 채워
사람마다 자유로우면 좋겠다.

백중기도

마흔아홉 날을
혹서 무릅쓰고
정성 다해 드린
백중 기도.
합장 회향 드리고
곤한 몸 뉘어
비몽의 밤 지냈더니
요란하던 태풍
고요히 지나가고
젖은 연잎에
아침 이슬이 영롱하네!
구름 드리운
앞산 바라보며
한 잔 차를 마시노니
세사 다 벗어남이네!
마흔아홉 날
무릎 꿇어 드린
지장본원 합송이

우리 부처님께 전해져
코로나도 막더위도
바람에 꽃잎 날으듯
훌훌히 곱게 떠나가고
세상 모든 이들이
전일의 평화를
회복하게 하소서!

한 떨기 꽃

아무 돌아보는 이 없는
그늘 깊은 곳에서 피어
봄에서 가을까지
사랑조차 알지 못하고
하루 또 하루
고개 숙여 지내다가
어느 알지 못하는 바람에
구름을 노니는 꿈을 꾸어
한 떨기 꽃이 되더니...
밤을 잊어 나누던 정담
속속들이 스미기도 전에
꽃다움은 아직
보여주지도 못하고서
아뿔사!
모질게 부는 회오리에
서글픈 낙화가 되려는가?

가을이 오기도 전에
처연히 사라져 가는
가엾은 한 떨기 꽃으로
내게서 떠나려 하는가?

그대 여리고 아린
가슴의 온기를 기억하리...
그대 소리없는 눈물을
내 길이 기억하리...

울음

돌아갈 고향조차 없는
처량한 처지 서글퍼
귀뚜라미 종일을 우는가?

한 번 가신 뒤
다시는 오지 않으시는
고우신 어메 그리워
목줄 터지게 우는가?

하릴없이 바래져
섞일 곳 한곳 없는
낡아 휘어진 몸아!

마주할 아무도 없는
주름지고 휘늘어진
흉물스런 뱃살아!

울기로 말하면 나도
밤새워 울 서러움이다.
울기로 말하면 나도
목이 터지게 울 서글픔이다.

귀뚜라미 종일을 울어
밤을 밀어내며 울어
목이 터지도록 울어
나도 그렇게 목놓아 울어...

이슬 구슬

연잎 타내리는
빗방울을 하나하나 꿰어
구슬 목걸이를 만들어
천리 길 가로질러
귀하신 당신께 보냅니다.
해맑은 새소리도
함께 담아 보냅니다.
향기 그윽한
차도 한 잔 우려
아침 인사
곁들여 보냅니다.

태풍 오고 있는
전날 아침이
이렇게 고요하게
마음을 적실 줄
누가 알았겠어요.
이 처절한
코로나 속에서도
어딘가에 담뿍 정 담은
인사 전할 수 있음을
누가 알았겠어요.

고우신 님

고우신 님께
한 송이 향기로운 꽃
두 손 받들어 올리는
정성 깊은 얼굴이셔라.

천만 년 불변의 서원
무릎 꿇어 올리시는
다짐 깊으신 모습이셔라.

고해 중생 건지심이
보살 본원이신지라
어느 하룬들 쉴 날 있을까?

내 어머니 젖 물리고
날 내려보시던 그윽하신
그 눈빛 그대로셔라

가시던 걸음 하나하나
본받아 가려 하옴에
하시던 일 모두 따라 하오리...

본래로 돌아가길

십 년 뒤에까지
내가 과연 세상에
살아있을 수 있을까?
육신은 사라지고
흐린 흔적만
더러 파편같이
사람들 기억 속에
남아있는 건 아닐까?
세상 귀퉁이를 꾸미는
꼴불견의 부도로
이끼에 덮여
퇴적물로 남아있는 건 아닐까?
아직도 살아있어서
눈 흐리고 귀 성긴
초라한 몰골로
양지에 쪼그려 앉아
허망한 한숨을 토하는 건 아닐까?

아! 제발 . . .
십 년이 지난 뒤에는
한 줌 티끌조차 남지 않는
텅 빈 적멸로 사라져
본래 무일물이 되기를
간절히 바라나이다.

철해여! 철해여!

그대 떠난 자리
하얀 구절초 한 송이
눈물 떨구며 서 있오.

그대 머물던 뜨락
슬픈 백구 두 마리
목을 길게 뽑아
나들길을 바라보고 있오.

오지도 가지도 않아서
머물지도 떠나지도 않는다던
본래 무일물 본분사가
오늘 따라
먼 도솔가로만 들리는구려!

구비구비 애태우던 길
돌아돌아 지나온 길
그대와 나의 한세상 길

놓으려고 애를 쓰며
휘청휘청 걸어온 길

그대 오늘사 훌훌히 털고
비로소 적조에 쉬게 되는구려!

다시는 오지 마시오.
뒤돌아보지 마시오.
모든 연사 다 놓으시고
적멸의 본공으로 돌아가시오.

오늘 그대 걸음이
나는 한없이 부럽습니다.
따라갈 날이
손꼽아 기다려집니다.

오늘 아침에도
그대가 심어둔 구절초가
다니시던 길 하얗게 지키며
찬 이슬에 떨고 있네요.

마음 나누던 사람

오직 마음 나누던 사람
내가 믿음 둔 사람
뜻을 같이하여 나아가던
중하디 중한 한 사람

붓다님 가르침 바다를
한 스승님 배를 타고
힘 모아 노저었던 사람

거센 풍파에 시달려서
파김치로 지치기도 했오.
나아갈 방법을 찾지 못해
울분에 가슴 치기도 했오.

유난히 비분강개가 많아
종단 걱정, 세상 걱정에
주름 펴질 날이 없더니
차마 어찌 두고 떠나셨을꼬?

법계의 성품이 그러하여
태어난 자 반드시 떠나가고
생겨난 것 반드시 소멸하거니
어찌 우리에게 이별이 없겠오.

창에 비치는 달빛 따라
삼경에 불쑥 토함산에 올라
억새를 미끄럼 타던
천진한 교감을 어찌 잊어야 할꼬.

달을 유난히 좋아하여
보름마다 마당을 서성이며
달과 노닐어 잠을 잊더니
끝내는 달을 따라 떠나시는구려!

달하!
이제 서방까지 가시려거든
무량광 부처님께 인도하여
천진 종광성이 정토에 하나되게 하소서!

아!
오늘 밤에 만약 달이 밝으면
기나긴 밤을 어이 지새울꼬?
내년 봄 나들길에 난꽃이 피면
떠오르는 기억 어찌 물리쳐야 할꼬?

어디로 가나

이른 아침
함월산 남쪽 하늘을
아름드리 꾸미는 저 구름은
누가 그리는 그림일까요?

지난밤에
꽃잎에 내려 햇빛에 반짝이는
진주 같은 아침 이슬은
누가 만든 꾸미개일까요?

어디를 향해
저리 잰걸음으로
산등을 넘어 떠나는지
가는 곳을 저가 알기나 할까요?

친구 하나
다시 못 올 길 떠나
자취를 감추었는데

어디로 가서 돌아 못 오는 걸까요?

그리 많은 기억을
내 가슴에 심어놓고
저만 혼자 훌쩍 떠나면
남은 나는 어찌하란 말일까요?

색깔도 모양도 다른
큰 구름 작은 구름은
서로 친구 사이일까요?
아니면 한 스승을 모신 사형제일까요?

구름도 떠나고
이슬도 사라진 뜨락에
벗의 그림자만 짙게 남은 건
대체 누가 그린 짓궂은 그림일까요?

담담히 돌아가리

누구도 비켜 못 가는
세월인 것을.
누구도 피할 수 없는
늙음인 것을
돈으로도 막을 수 없고
권력으로도 막지 못하는
우주의 법칙인 것을.
태어남이 자연하다면
늙음도 병듦도 죽음도
지극히 자연한 일
오고 감에 무심하라 하신
스승님 말씀 따라
늙음도 병듦도 죽음도
담담히 맞아야 하리.
수행은 집착에서 벗어나는 노력.
수행은 마음 비우는 훈련.
본래 이 몸조차 흙이었거늘
본래 이 마음도 없었던 것을

무엇이 그리 안타깝고
무엇이 그리 서운할 것인가?
때가 되면 아무 말 없이
잎새 떨구는 꽃잎처럼
텅 비어 아무것도 없었던
본래 그 자리로
담담하게 돌아가야 하리.

극락 가는 길

극락 가는 길이 어디 있는지
사람마다 물어보지만
극락에는 가는 길이 없다네!

십만 팔천 국토 끝을 향한
천 갈래 만 갈래 길 없는 길은
안개가 자욱하고 아득하다네!

비행기도 기차도 없고
버스도 자가용도 없어서
오직 일념에 의지해야 한다네!

가도 가도 끝없는 길을
단숨에 도달할 수 있는 법을
무량수께서 慈悲로 열으셨다네!

아무 다른 생각 하지 말고
밤낮을 가리지도 말고
나무아미타불만 부르면 된다네!

지극하게 부르고 불러서
나를 잊어 불러서
아미타와 내가 하나 되는 순간
문득 그곳에 내가 있게 된다네!

차비 한 푼 없어도 되고
멀미 나게 차 타지 않아도 되는
단숨에 도달할 수 있는 길이라네!

조주의 오도송

春有百花秋有月 춘유백화추유월
夏有凉風冬有雪 하유량풍동유설
若無閑事掛心頭 약무한사개심두
便是人間好時節 변시인간호시절

봄이 오면 백 가지 꽃이 피고
가을이 오면 달이 밝아진다.
여름에는 서늘한 바람이 불고
겨울에는 눈꽃이 피어난다.
만약 부질없는 생각만
마음에 걸어두지 않는다면
비로소 아무 걸림없는
좋은 시절을 누리리라.

우리 곁에는 이렇게
가을이면 달이 밝게 뜨고
봄이면 갖가지 꽃이 피고
겨울에는 가슴까지 시리게 하는
눈부신 눈꽃이 피어난다.
대체 더 무엇을 바라기에
봄에도 가을에도
불평과 불만을 놓지 못하며
여름에도 겨울에도
허덕임을 벗어나지 못하는가?
도인이 보는 눈이나
일반이 보는 눈이 다르지 않은데
어찌 같은 세상을 두고
그리도 다른 세상을
부대끼며 살아가는가?

동지

또 그날이 되었다.
어제도 그제도
매양 그날이었지만
오늘 그날은 다르다.

내 어머니
가르마 고우신 머리로
새풀옷 입으시고
새벽 얼음물로 씻으신
상큼한 몸내 나는 몸으로
두 손 모두어 비신 날이다.

밤새워 새알 비벼
팥 걸러 만드신
축귀, 축액, 축역을 비는
붉은 동지 팥죽
집 안 곳곳에 뿌리시며
일쇄 동방 결도량
이쇄 남방 득청량
삼쇄 서방 구정토 외우시었다.

다시 그날 동지가 되도록
온 집안이 아무 일 없고
온 식구가 무탈하여
오늘이 어제고
어제가 내일이어서
매일이 편안하고 평화롭기를
얼음 냉기를 견디며 비셨다.

어머니 가신 지 이미
칠십 년에 가깝고
다른 어머니들도 가시고
그 정성스런 삶도 사라지고
어머니에서 어머니로 전해지던
아름다운 전통 문화도 사라진다.

아침 햇빛

이른 새벽에
부지런히 산을 넘어오는
붉은 해를 보며
나는 생각한다.

어느 하루도 거르지 않고
어김없이 산을 넘어서
바다를 건너서
우리에게 오는
아침 해가 얼마나 고마운가?

어느 날 만약
해가 뜨지 않는다면
이 땅의 모든 생명체가
말할 수 없는 고통에 잠길 것이다.
아니 모두 생명을 잃고
죽음으로 내몰리게 될 것이다.

어떤 생명체도
광합성을 못하면
목숨을 부지할 수가 없다.
봄에는 꽃도 필 수 없고
여름엔 파도가 칠 수도 없고
가을엔 단풍도 들 수 없을 것이다.

태양을 신으로 섬기거나
조상으로 받드는 것은
가치가 그리 중하기 때문이니
오히려 당연한 일이다.

사람이 태양 같을 수야 없지만
저처럼 모두에게
삶의 활력을 주는 존재가 되고
사랑의 기운을 주는
귀한 존재로 살고 싶다는 생각이 든다.

설담원 이야기 제 5권

누가 그리는 그림일까요

글, 사진   설담 운성

초판발행일   2022년 10월

펴낸곳   도서출판 도반
펴낸이   김광호
편집   김광호, 이상미, 최명숙
대표전화   031-983-1285, 010-8738-8925
이메일   dobanbooks@naver.com
홈페이지   http://dobanbooks.co.kr
주소   경기도 김포시 고촌읍 신곡리 1168
                (신곡로 3번길 43-24)